21y4/14 CT 6/5

Para David, porque ésta es tu historia
—R. H. H.

¡GRACIAS!

Gracias a todos los que han compartido sus conocimientos acerca de los niños pequeños:

Sarah Birss, M.D., child analyst and pediatrician, Cambridge, MA

Deborah Chamberlain, research associate, Norwood, MA

Ben Harris, elementary school teacher, New York, NY

Bill Harris, parent, Cambridge, MA

David Harris, pre-kindergarten/kindergarten teacher, New York, NY

Robyn Heilbrun, parent, Salt Lake City, UT

Ellen Kelley, director, The Cambridge-Ellis School, Cambridge, MA

Elizabeth A. Levy, children's book author, New York, NY

Janet Patterson, pre-kindergarten teacher, Shady Hill School, Cambridge, MA

Karen Shorr, pre-kindergarten teacher, The Brookwood School, Manchester, MA

¡Adiós, Ratoncito!

Spanish translation © 2002 by Lectorum Publications, Inc.

Originally published in English under the title

Goodbye Mousie

Text copyright © 2001 Bee Productions, Inc.

Illustrations copyright © 2001 Jan Ormerod

ISBN 1-930332-34-3

Printed in Hong Kong

10 9 8 7 6 5 4 3 2 1

Library of Congress Cataloging-in-Publication Data is available

¡Adiós, Ratoncito!

Robie H. Harris
Ilustrado por Jan Ormerod

Traducción de Alberto Jiménez Rioja

LECTORUM

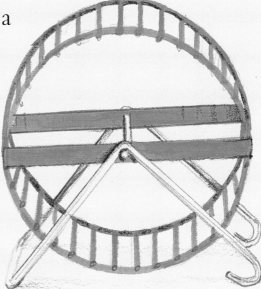

Cuando me levanté esta mañana, le hice cosquillitas a Ratoncito en la barriga. Pero Ratoncito no se despertaba. Le hice también cosquillitas en la barbilla y seguía sin despertarse. Entonces entró papá a darme los buenos días.

–¡Ratoncito no se despierta! –le dije bajito–. ¡Creo que le pasa algo!

Papá miró a Ratoncito durante un rato, y luego me pasó el brazo por los hombros.

–Tengo algo muy triste que decirte –dijo–. Ratoncito está… muerto.

Y en ese momento papá me atrajo hacia él y me abrazó muy fuerte.

–¡NO es verdad! –dije–. ¡Ratoncito está dormido
y pronto se despertará! Está cansado. Eso es todo.
¡Ratoncito NO se ha muerto! ¡Ratoncito NO está muerto!

   Papá se sentó en mi cama y yo le puse a Ratoncito
en la mano.

   –Siento mucho lo de Ratoncito –me dijo.

   –¡Ratoncito NO está muerto! –repetí–. ¡Ratoncito
estaba vivo ayer por la noche! Lo que le pasa
es que… lo que le pasa es que…
tiene mucho sueño hoy.

—Morirse —dijo papá— es muy distinto de dormir.
Morirse es…

—¡No estar vivo! —grité, y empecé a llorar.

—Sé que te sientes muy triste —dijo papá.

—No estoy triste. ¡Estoy enojado, estoy muy enojado
con Ratoncito! ¡Estoy enojado porque se ha muerto!

Y entonces lloré de verdad.

—Estoy triste —dije al fin.

—Yo también estoy triste, hijo —dijo papá. Y me dio otro gran abrazo.

—Quiero tener en las manos a Ratoncito otra vez —dije—. Quiero cargar a Ratoncito ahora.

—De acuerdo —contestó papá.

Cargué a Ratoncito, pero estaba frío, así que lo envolví en mi camiseta.

—¡No quiero que Ratoncito esté muerto! —dije—. ¿Por qué se murió?

—No creo que le haya ocurrido un accidente —dijo papá—. Quizá se puso muy enfermo.

—¿Por eso se murió? —pregunté.

—Bueno —dijo papá—, Ratoncito era muy pequeño cuando vino a casa. Creció y luego se hizo viejo. Ratoncito era un ratón muy, muy viejito.

—¿Por eso se murió? —pregunté.

—No creo que sepamos nunca por qué se murió Ratoncito —dijo papá—. Pero lo que sí es verdad es que Ratoncito tuvo una buena vida.

–¿Qué haremos con él ahora que está… muerto? –pregunté.

–Podemos enterrarlo en el patio para tenerlo cerca –dijo papá.

–Pero, ¿cómo voy a saber exactamente dónde está?

–Podemos poner una señal.

–Algo así como… AQUÍ ESTÁ RATONCITO.

–¡Seguro! –dijo papá. Y escribió «¡AQUÍ ESTÁ RATONCITO!» con grandes letras en un trozo de madera vieja que encontramos un día en la playa.

RATONCITO

Llevé a Ratoncito a la cocina. Mamá me dio un abrazo y un beso.

Y entonces me dio otro abrazo y otro beso.

—Siento tanto que Ratoncito se haya muerto —dijo. Y me dio una caja de zapatos.

—Podemos enterrar a Ratoncito aquí —dijo—. Estará bien protegido.

Puse a Ratoncito en la caja de zapatos y lo envolví bien con mi camiseta. Mamá me había preparado una tostada con mermelada de fresa, pero yo no tenía ni pizca de hambre.

—¿Le ponemos a Ratoncito algo de comer? —pregunté—. Siempre le daba trocitos de mi tostada. A Ratoncito le encantaban las tostadas.

—Me parece una buena idea —dijo mamá.

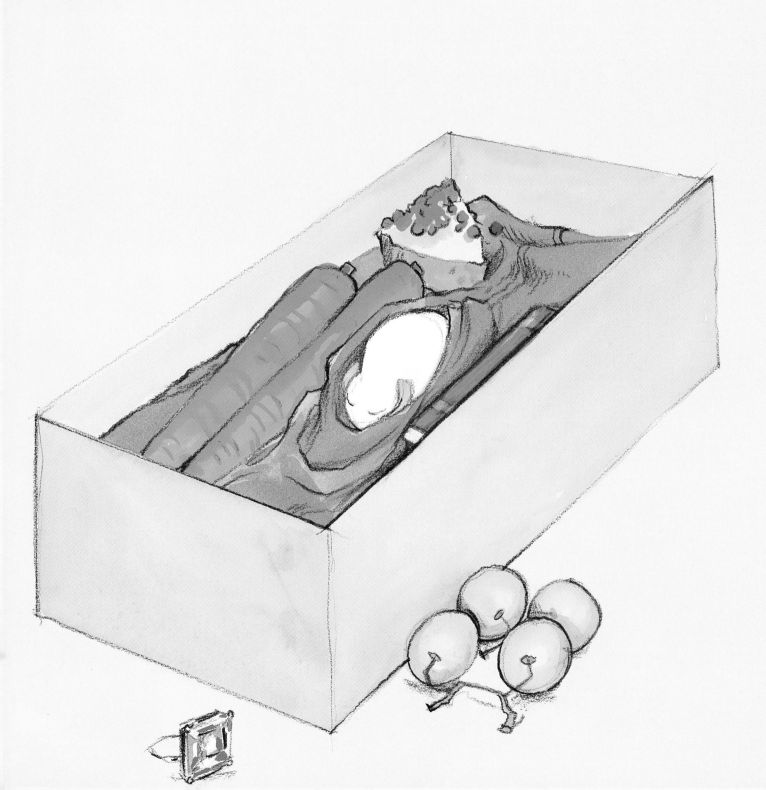

—¿Puedo poner más cosas en la caja? —pregunté.

—¡Claro que sí! —contestó mamá. Así que puse una tostada y dos zanahorias a un lado de Ratoncito y cuatro uvas y una barra de chocolate al otro.

—¡Ahora Ratoncito no pasará hambre! —dije. Metí también mi auto de carreras rojo y un anillo con una piedra azul muy grande que el dentista me había regalado y metí también una crayola de color naranja.

—¡Ahora Ratoncito no se aburrirá! —dije.

Puse también una foto
mía con gafas de sol, sujeta
con cinta adhesiva dentro
de la caja.

—Ahora Ratoncito no se sentirá solo —dije.

Cerré entonces la caja y dije:

—La caja de Ratoncito se ve fea. A Ratoncito no
le gustaría.

Así que pinté la caja de Ratoncito con muchos colores.
Me sentí un poquito mejor. La caja de Ratoncito era
ahora muy bonita.

—Qué bonita ha quedado —dijo papá.

A mí también me pareció muy bonita.

Me lavé casi toda la pintura de las manos. Y ahora sí tenía hambre, así que fui a darle un mordisco a mi tostada, pero... ¡había desaparecido!

—¡Mi tostada! ¿Quién se la ha llevado? ¿Se ha muerto también?

—¡No, no, cariño! —dijo mamá—. Me la comí yo. Pensé que no tenías hambre. Lo siento muchísimo. Te hago otra ahora mismo.

—¡No la quiero! ¡Ya estoy cansado de todo este rollo de morirse! —grité—. ¡Vamos a enterrar ahora mismo a Ratoncito!

Y así lo hicimos.

Mamá hizo un hoyo en la tierra y yo metí dentro
la caja de zapatos.

Papá colocó la madera en el suelo y yo cubrí la caja
con tierra.

Mamá encendió dos luces de bengala y yo las clavé
en la tierra.

Todos miramos cómo las bengalas se consumían.

Y, entonces, me eché a llorar.

—Ratoncito, estoy enojado porque te has muerto.
Y también estoy muy triste. Fuiste un buen ratón.
Te voy a echar de menos, Ratoncito —dije.

Sin poder contener el llanto dije:

—Adiós, Ratoncito.

Cuando me despierte mañana por la mañana, Ratoncito no estará aquí. Es cierto. Ratoncito ha muerto.

Ojalá volviera. Pero no creo que lo haga. Quizá algún día tendré otro ratón, pero aún no.